PAROLES

DE

NOËL PARFAIT

A SES CONCITOYENS

Troisième série.

1881-1885

CHARTRES
IMPRIMERIE DURAND, RUE FULBERT

1885

PAROLES

DE

NOËL PARFAIT

PAROLES

DE

NOËL PARFAIT

À SES CONCITOYENS

Troisième série.

1881-1885

CHARTRES

IMPRIMERIE DURAND, RUE FULBERT

1885

I

AUX ÉLECTEURS

DE LA PREMIÈRE CIRCONSCRIPTION

DE L'ARRONDISSEMENT DE CHARTRES

— *7 août 1881* —

Mes CHERS CONCITOYENS,

En venant vous demander le renouvellement du mandat dont votre confiance m'a déjà quatre fois investi, je crois n'avoir pas besoin de vous faire une profession de foi. Vous me connaissez tous de longue date, et vous ne m'avez jamais connu que républicain. Jour à jour, vous avez pu me suivre, j'ose dire dans l'unité de ma vie politique, à laquelle je me suis toujours efforcé d'imprimer une ligne droite et libérale en même temps que prudente et pratique.

Telle a encore été ma règle de conduite durant la législature qui va finir. J'ai associé mes votes à ceux du groupe considérable de la Chambre qu'on appelle la gauche républicaine, et je suis un des signataires du compte rendu publié par son bureau à la veille de la période électorale. En émettant ces votes, que la presse locale a successivement enregistrés et commentés, j'ai eu la conscience de répondre au vœu de la majorité de mes commettants. Si je me suis trompé, le scrutin jugera.

Quoi qu'il en soit, j'ai ma part, modeste part, dans tout ce qu'a fait d'important la Chambre des 363, cette Chambre qui, par son énergique attitude, a complété la défaite des hommes du 16 mai, et assis la République sur des bases inébranlables.

Cette victoire obtenue, elle s'est mise à sa tâche législative et réformatrice ; et, touchant aujourd'hui à la fin de son mandat, elle se retire après avoir, notamment :

Concouru à élever au siège de la Présidence l'intègre patriote, le vénéré citoyen Jules Grévy, et provoqué le retour à Paris des pouvoirs publics ;

Affranchi de toute entrave la liberté de la presse et la liberté de réunion ;

Voté les lois établissant la gratuité, l'obligation et la laïcité de l'instruction primaire, et déchargé les communes des frais de la gratuité ;

Revisé les lois concernant les titres de capacité exigés des instituteurs, et soumis à la loi commune les congrégations enseignantes ;

Augmenté le nombre des écoles d'arts et métiers, développé les écoles professionnelles et industrielles, et rétabli l'institut agronomique ;

Porté à quatre-vingt-dix millions le budget de l'instruction publique, qui n'était que de vingt-quatre millions sous l'Empire ;

Poursuivi la réforme de la législation de l'armée et la réorganisation des forces défensives du pays ;

Réduit, dans un esprit d'égalité, les dispenses absolues du service militaire que la loi du recrutement accordait à des citoyens valides, c'est-à-dire aux institutenrs et aux élèves ecclésiastiques ;

Amélioré, dans une large mesure, la situation d'activité et de retraite des officiers et des soldats ;

Augmenté un grand nombre de petits traitements des employés civils de l'État ;

Considérablement accru la dotation des chemins vicinaux ;

Pourvu, grâce à l'état prospère de nos finances, qui ne craint aucune comparaison, à la colossale entreprise de la construction de douze ou quatorze mille kilomètres de chemins de fer, et à l'exécution des grands travaux que nécessitent nos routes nationales et nos voies navigables ;

Opéré, malgré toutes ces augmentations de dépenses, des dégrèvements d'impôt montant à près de trois cents millions ;

Réglé d'une façon plus équitable le régime des patentes ;

Voté, sur le rapport d'Émile Labiche au Sénat, et de Pol Maunoury à la Chambre, la loi relative aux chemins ruraux, ainsi que plusieurs autres lois que doit comprendre le Code rural ;

Entièrement refondu le tarif général des douanes ; et, si l'agriculture n'a pas obtenu, par cette dernière loi, tous les relèvements qu'elle réclamait en faveur de ses produits, du moins ceux-ci resteront-ils en dehors des traités de commerce, qui ne sont revisables qu'à de longs délais ;

Enfin, par article additionnel à la dernière loi de finance, nous avons voté la création d'une caisse spéciale pour les dégrèvements à effectuer en faveur de l'agriculture.

Voilà les principaux actes qu'il faut mettre au crédit de la Chambre expirante.

Elle laisse néanmoins beaucoup à faire à la Chambre future, celle-ci n'aurait-elle qu'à réaliser les nombreux projets de réforme élaborés par nos Commissions, réclamés par l'opinion publique, et qui restent en suspens.

Les élections du 21 août auront donc une influence considérable sur l'avenir de notre cher pays. Heureusement, rien ne contrarie aujourd'hui l'expression libre et sincère du suffrage universel.

Le scrutin va s'ouvrir au milieu du calme intérieur le plus profond, d'une paix internationale que ne sont pas faits pour compromettre les troubles suscités par les bandes de fanatiques dans notre colonie algérienne.

Votez donc en toute tranquillité d'esprit, mes chers concitoyens. Point d'abstention ! Qu'ici et partout les électeurs s'empressent autour des urnes, et qu'il en sorte une majorité républicaine nombreuse, compacte, fermement résolue à travailler, de toutes ses forces réunies, à la prospérité et à la grandeur de la patrie française.

Vive la liberté ! vive la République !

NOEL PARFAIT.

Chartres, le 7 août 1881.

II

INAUGURATION

DE L'USINE A GAZ

ET DU

NOUVEL ÉCLAIRAGE

DE LA VILLE D'ÉPERNON

— *9 octobre 1881* —

MESSIEURS ET CHERS CONCITOYENS,

Le Conseil municipal d'Épernon, fidèle interprète du sentiment populaire, a voulu que l'inauguration de l'éclairage au gaz de cette pittoresque et aimable ville, et l'entrée en possession de l'usine génératrice du gaz fussent l'objet d'une fête publique, qui en marquât solennellement la date.

Le Conseil a été bien inspiré : car toute réforme tendante

à l'accroissement du bien-être commun, tout progrès accompli dans ce but doit être un sujet de réjouissance pour une population républicaine.

Or n'est-ce pas un important progrès matériel, que l'application du gaz, non seulement à l'éclairage des villes et des habitations, mais encore aux usages domestiques et aux multiples besoins de l'industrie ?

On reconnaît là un des innombrables bienfaits dont le monde civilisé est redevable au génie moderne, à ce XIXe siècle, si fécond en inventions et en découvertes de toute sorte, aussi étonnantes qu'elles sont utiles à l'humanité ! Oui, le siècle où nous vivons est, sous ce rapport, un siècle incomparable ; car jamais la science n'avait à ce point pénétré les secrets de la nature, ni obtenu, de ses travaux d'investigation, des fruits si merveilleux et des résultats si pratiques.

La cérémonie à laquelle vous avez bien voulu nous convier, Monsieur le maire, au nom de vos collaborateurs et au vôtre, est un hommage implicite rendu à l'admirable mouvement scientifique de notre époque. Vous lui avez emprunté une de ses forces, à ce mouvement sans égal, en créant l'usine dont nous avons admiré tantôt les heureuses dispositions ; ce foyer d'où le gaz jaillira, chaque soir, pour venir illuminer votre ville, en couronnant de ses lueurs le monument patriotique qui la domine.

Si vous n'avez pas réalisé plus tôt cette précieuse amélioration, on en connaît les motifs, et ils sont à votre honneur. C'est qu'avant de perfectionner chez vous la lumière physique, vous teniez à ce que la lumière intellectuelle y reçût la plus large expansion possible, et que vous avez alors engagé temporairement vos ressources dans la construction d'une école primaire de garçons et d'une salle d'asile qui peuvent être citées comme des modèles d'installation.

Le moment où vous greviez votre budget dans cet intérêt de premier ordre était d'autant plus propice, qu'en même temps arrivait à la direction de votre école un instituteur que mes paroles vont sans doute froisser dans sa modestie, un maître dont la compétence et le dévouement professionnels vous donnaient la certitude que vos sacrifices ne seraient point stériles, que les élèves confiés à ses soins seraient instruits à devenir de braves et honnêtes gens, des hommes utiles, des citoyens tels que la République a besoin d'en avoir.

L'événement n'a pas trompé votre attente ; et, de même que cette austère et illustre Romaine qui montrait ses enfants comme la seule parure digne d'elle, la ville d'Epernon, en montrant les siens, peut dire à son tour : « Voilà mon luxe ! voilà mes ornements et mes joyaux ! »

Poursuivez, Messieurs, avec le même succès, la tâche réformatrice que vous avez entreprise. Donnez-nous bientôt une école de filles égale à celle des garçons, et votre administration laissera de durables souvenirs, n'eût-elle atteint que ce double but :

De la lumière à la cité, et des lumières à ses enfants !

III

110e ANNIVERSAIRE

DE LA

NAISSANCE DU GÉNÉRAL MARCEAU

— *Chartres, 1er mars 1882* —

Messieurs et chers Concitoyens,

Après l'éloquent hommage rendu à Marceau par M. le maire de Chartres et M. le préfet d'Eure-et-Loir, je voudrais évoquer, devant cette réunion patriotique, un nom sans doute moins illustre, mais non pas moins digne des respects de tous.

C'est celui de la noble femme, de la sœur dévouée qui fut le bon génie du héros que nous fêtons ici.

Douée d'un esprit élevé, d'un cœur vaillant et généreux, Émira Marceau, qui était de quinze ans plus âgée que son frère, et dont le caractère avait été mûri de bonne heure par des chagrins de famille, s'attacha profondément à ce frère, issu de secondes noces paternelles.

Sans regret, dans toute la fleur de sa jeunesse, elle s'éloigna du monde, où l'appelaient à briller les charmes de sa personne, pour se vouer à l'instruction et à l'éducation de l'enfant sur qui s'étaient concentrées ses affections ; pour ouvrir l'intelligence de son élève aux notions du bien et du juste ; enfin, pour déposer dans cette jeune âme le germe des qualités et des vertus qui devaient former l'une des figures les plus sympathiques, les plus vraiment françaises de notre panthéon national !

Et jamais Émira ne cessa un instant d'entourer son frère d'une active et touchante sollicitude. Lors même qu'il eut obéi à sa vocation en s'enrôlant au service du pays, bien souvent elle alla, jusque dans les camps, jusqu'au milieu de nos armées combattantes, lui porter des paroles de tendresse et d'encouragement.

Telle fut l'influence de cette femme d'élite sur la vie trop tôt brisée de Marceau, et c'est ainsi qu'elle a mérité que son souvenir se lie à la mémoire du glorieux soldat républicain.

Honneur à elle !

IV

OBSÈQUES

DE

VICTOR LEGOUX

CONSEILLER GÉNÉRAL D'EURE-ET-LOIR

— *Brezolles, 15 avril 1882* —

C'est un honnête homme et un bon citoyen que vient de nous enlever l'implacable mort ; c'est un brave et un excellent cœur qui a cessé de battre. Une foule émue en apporte ici le témoignage.

Victor Legoux, pauvre cher ami ! le voici là, couché pour jamais !

La démocratie républicaine d'Eure-et-Loir perd en lui un de ses membres les plus vaillants et les plus fermes, un de ses représentants les plus estimés et les plus dignes de l'être.

Sa loyale nature, l'aménité de son caractère, sa bonté simple et toutes les qualités privées qui le rendaient si sympathique, est-il besoin de les rappeler à ses concitoyens ; à ceux qui, pendant plus de trente années, l'ont vu mêlé à la politique active sans qu'il y perdît un seul ami ; à ceux qui savent comment il a traversé et noblement supporté les jours de suprêmes épreuves où les malfaiteurs du 2 décembre 1851 ont bien pu le dépouiller, le ruiner, mais non ébranler un instant son courage civique ni sa foi républicaine ; à ceux, enfin, qui lui ont donné des témoignages éclatants de leur confiance en l'envoyant siéger dans leurs conseils locaux, et jusque dans le Conseil général du département ?

Exempt de toute prétention personnelle au point de se défier de lui-même, il eût volontiers décliné cette dernière mission. Pourtant un vif désir de bien faire, aidé d'un esprit droit, d'un jugement sain et d'un intelligent patriotisme, lui permit de remplir la tâche non sans honneur et succès.

Quels services rendit le conseiller général de Brezolles pendant l'exercice de son mandat, mon ami Labiche l'a dit avec sa haute compétence : je n'essayerai pas d'ajouter à sa parole.

Je m'arrête, craignant, d'ailleurs, de trahir la mémoire de notre cher mort, si, même au bord de cette tombe, je faisais de celui qui va y descendre tout l'éloge qu'il mérite, mais dont, lui vivant, se fût alarmée sa modestie.

Adieu donc, bien-aimé compagnon de nos luttes politiques d'autrefois, du temps où nous combattions ensemble le bon combat ; adieu, ami qu'en toute occasion, dans la bonne ou dans la mauvaise fortune, on trouvait toujours fidèle, toujours serviable et dévoué.

Legoux ! cher Legoux ! ma voix t'appelle en ce moment encore... Hélas ! c'est la première fois que tu n'y auras pas répondu.

V

BANQUET

DU COMICE AGRICOLE

DE L'ARRONDISSEMENT DE CHARTRES

— *Courville, 28 mai 1882* —

MES CHERS CONCITOYENS,

La distribution des récompenses à laquelle nous avons assisté aujourd'hui a été marquée par un fait que je crois bon de rappeler, parce qu'il est, jusqu'à présent, demeuré exceptionnel, et qu'on aimerait à le voir se renouveler fréquemment.

Je veux dire que, parmi les lauréats les plus acclamés, nous avons eu le plaisir d'entendre nommer une de ces vaillantes femmes, comme il en est beaucoup en Beauce, qui savent, d'une main à la fois douce et forte, gouverner l'intérieur d'une ferme, de cette ruche laborieuse, où leur vigilance apporte l'ordre et l'économie, sans lesquels le plus obstiné travail ne profite point.

La fermière digne de ce nom n'est-elle pas, en effet, l'âme de la maison rurale ?

Voyez-la, debout dès l'aube, l'active ménagère, pour veiller à ce que les serviteurs qui vont aux champs ne s'en aillent pas sans être réconfortés par quelque chaud cordial. Au départ, elle leur dit un mot d'encouragement ; au retour, elle aura pour eux un bon sourire de sœur ou de mère ; car ne sont-ils pas un peu de la famille ?

Et, à l'époque de la moisson, comme elle se multiplie pour héberger le pacifique bataillon des *aoûterons,* tout en visitant la cour et l'étable, dont les hôtes familiers devinent son approche et répondent à sa voix connue ! Pas un qui ne lui fasse chère et ne la remercie en son langage. Tout ce monde animal qui l'entoure la salue d'un cri ou d'un chant sympathique, jusqu'au grillon blotti dans le coin de l'âtre, jusqu'à l'oiseau qui suspend son nid au rebord du toit.

Mais l'hiver arrive, et voici que passe un malheureux épuisé par le jeûne, le froid, la fatigue : qui apaisera sa faim et le réchauffera ? Voici que, dans la commune, un pauvre journalier tombe malade, et grelotte de fièvre sous son humble chaume : qui lui portera secours et consolation ?

Qui ? La providence villageoise, la fermière, la *maîtresse,* comme on la nomme. Oui, la maîtresse, c'est bien dit ! La maîtresse par toutes les qualités qui commandent le respect et inspirent l'affection !

Vivent donc les fermières ! vivent les ménagères des campagnes !

VI

BANQUET
DES
COURSES D'ILLIERS

— 10 septembre 1882 —

MESSIEURS,

Le toast que je demande à présenter sera bref : c'est un simple mais cordial salut aux lauréats du concours hippique d'aujourd'hui, qui, une fois de plus, a justifié la renommée du cheval percheron.

Les félicitations que je suis heureux d'adresser aux vainqueurs de la journée ne trouveront ici que des échos sympathiques, et l'auditoire m'approuvera, j'en suis sûr, d'y joindre l'hommage également dû à la Société des Courses d'Illiers, qui, depuis trente-cinq ans, n'a pas cessé de donner des preuves d'intérêt et de dévouement à l'une des industries dont s'honore le plus notre cher département d'Eure-et-Loir.

Grâce aux efforts des uns et aux encouragements des autres, nous voyons, Dieu merci, se perpétuer, au milieu du Perche, une race chevaline que, sans exagération aucune, on peut dire estimée et recherchée dans les deux mondes.

C'est qu'en effet nos percherons ne sont point des chevaux de mode ou de parade, des objets de luxe ou des prétextes à jeux de hasard. Non. Ce sont des chevaux éminemment utiles au travail national, de précieux instruments pour l'agriculture, pour l'industrie, pour l'armée ; enfin, de nobles animaux qui, par leur solide beauté, par leurs formes vraiment sculpturales, rappellent ceux que le ciseau de Phidias a fait vivre sur les marbres du Parthénon, métopes immortelles que, par parenthèse, les Anglais ont ravies à la Grèce, avec le peu de scrupules qui caractérise cette nation beaucoup trop pratique.

Au moins, si les Américains nous enlèvent l'élite de nos chevaux, il faut convenir qu'ils nous en payent le prix..., sous le bénéfice d'échanges que l'on sait...

Mais, pardon, je sens que je glisse sur une mauvaise pente, et je me hâte de terminer, en buvant à nos lauréats et à la Société des Courses d'Illiers !

VII

INAUGURATION
DE
L'ÉCOLE DE FILLES
ET DE LA
SALLE D'ASILE
DE GALLARDON

— 24 septembre 1882 —

I.

A l'inauguration de l'école.

Mesdames et Messieurs,

Mon premier mot ne peut être que celui-ci : Honneur à la ville de Gallardon !

En s'imposant un sacrifice relativement considérable pour

élever les bâtiments de sa nouvelle école de filles, et la salle d'asile qui en est l'annexe naturelle, cette petite ville a fait une œuvre de progrès et de patriotisme, une œuvre qui sera féconde, car l'argent versé par elle dans cette entreprise communale va ensemencer l'avenir !

Il ne suffit pas, en effet, que la République ait décrété que l'enseignement primaire serait, partout, libéralement répandu : il faut encore que chaque maison d'école soit appropriée à sa destination suivant toutes les règles de l'hygiène, installée selon tous les besoins du service scolaire; il faut que l'air et le jour y pénètrent librement; que la distribution, l'aménagement, la tenue des classes et des préaux soient tels, que les enfants s'y plaisent, qu'ils n'y laissent rien de cette naïve gaieté qui rassure la tendresse maternelle.

J'insiste sur ce point, parce que, à mon avis, s'y attache un très réel et très grand intérêt.

Il est incontestable que, sans en avoir conscience, ces chers petits êtres se trouvent mieux dans une classe bien propre, bien claire, aux parois ornées de cartes murales et de tableaux ou d'objets dont la vue les récrée tout en les instruisant, que dans une salle au plafond bas et enfumé, à la lumière insuffisante, qui n'a point été construite pour servir d'école, et dont les murailles, plus ou moins nues, s'effritent et se lézardent. Eh bien, je regrette d'avoir à le dire, mais, en dépit de toutes les mesures de prévoyance votées par les Chambres et permettant à l'Etat de venir en aide aux communes, il existe encore, dans notre département, sans aller plus loin, un trop grand nombre de maisons d'écoles dont l'aspect est bien fait pour attrister les yeux.

Mais ramenons nos regards autour de nous pour n'avoir qu'à louer.

Notre habile architecte départemental, M. Émile Vaillant, a très heureusement accompli la tâche qui lui avait été confiée ; on ne pouvait tirer meilleur parti qu'il ne l'a fait de l'emplacement où devait se dresser son édifice : emplacement superbe, mais dont les accidents naturels ne laissaient pas que d'offrir de sérieuses difficultés.

Donc, en cette belle école que nous inaugurons aujourd'hui, pourra être inauguré, demain, dans toutes les conditions désirables de commodité, de salubrité, de bien-être, notre nouveau régime d'enseignement primaire public.

Cet enseignement, qui répond au vœu tant de fois exprimé par la nation, est, on le sait, gratuit, obligatoire et laïque.

Il est *gratuit*, pour qu'aucun élève n'achète l'entrée de l'école au prix d'une gêne imposée ou d'une faveur accordée à sa famille, — et parce que les principes démocratiques veulent que tous les enfants du pays s'asseyent en égaux et en frères au banquet de l'instruction.

Il est *obligatoire*, pour que l'intelligence de nos fils et de nos filles, dans l'intérêt social comme dans l'intérêt individuel, reçoive au moins une première et indispensable culture qui puisse y faire mûrir les idées, le jugement, la raison ; — et parce qu'un père, insouciant ou mal inspiré, n'a pas le droit de laisser croupir son enfant dans l'ignorance, de le condamner à n'être jamais qu'une sorte de paria au milieu de la grande communauté nationale.

Enfin, l'enseignement est *laïque*, pour que les diverses croyances des familles soient respectées dans leurs enfants ; — et parce que l'enseignement religieux appartient non point aux instituteurs et aux institutrices ou à leurs auxiliaires, mais bien aux ministres des cultes, qui, seuls, ont compétence et autorité en cette délicate matière.

Telle est la triple base sur laquelle repose désormais notre système d'enseignement du premier degré. Pour qui juge avec calme et sans prévention, c'est là un système conforme au bon sens, à la logique et à l'esprit des institutions républicaines. Cependant, les adversaires de ces institutions mènent grand bruit pour faire croire que la liberté des pères de famille est violée, et que nos écoles primaires ne seront autre chose que des écoles d'athéisme.

Rien de plus contraire à la vérité.

Les pères de famille seront toujours libres de faire instruire leurs enfants comme ils l'entendront, soit à domicile, soit dans des établissements privés, congréganistes ou non. D'un autre côté, le législateur a expressément désigné les jours, les heures et le lieu où, selon le désir des familles, les ministres des différents cultes pourront donner aux enfants l'instruction religieuse.

Enfin, le gouvernement et les commissions scolaires mettront, nous n'en doutons pas, dans l'application de la loi nouvelle, toute la prudence et la mesure que peuvent commander les circonstances; déjà même des circulaires ministérielles en portent le témoignage.

Ainsi toutes les clameurs des partis hostiles n'empêcheront pas que notre réforme scolaire ne produise d'heureux fruits; qu'elle ne relève de plus en plus chez nous le niveau de l'instruction, et ne prépare des générations instruites et viriles, qui ouvriront à la France républicaine une ère de concorde et de prospérité!

II.

Au banquet.

Mes chers Concitoyens,

Je bois à l'union entre tous les républicains, et particulièrement entre ceux de la Chambre, où j'ai l'honneur de vous représenter.

Ce toast, qui exprime un vœu permanent dans nos pensées, aura sans doute aujourd'hui, pour vous comme pour moi, plus d'à-propos que jamais.

Vous savez malheureusement trop qu'à cette heure l'esprit public s'inquiète, et que la cause en est à la division qui, au commencement de cette année, s'est produite parmi les républicains de la Chambre et a persisté jusqu'ici.

On récrimine les uns contre les autres; on s'accuse réciproquement; chacun des groupes parlementaires, entre lesquels la majorité s'éparpille, tire de son côté, excommunie les autres, et rien ou presque rien n'aboutit, à la grande joie de nos adversaires, auxquels nous donnons la seule consolation qu'ils puissent avoir désormais.

N'est-il pas à craindre que la France ne se lasse vite au spectacle de ces tristes désaccords, qui paralysent les forces de ses élus? Ne peuvent-ils pas, en se prolongeant davantage, amener, dans le suffrage universel, de funestes défaillances, capables d'entraver l'essor de la République?

Espérons que les députés, mis, pendant leurs vacances, en contact avec les populations, auront puisé parmi elles des idées de concorde, de prudence, de sagesse, ces vertus politiques, grâce auxquelles nous avons fondé la République chez nous, et qui, seules, peuvent nous aider à la maintenir et à la consolider.

Il faut qu'à la Chambre se forme, dès la rentrée prochaine, une majorité compacte, vraiment gouvernementale, sachant bien ce qu'elle veut, qui mette fin à ces dissentiments où elle s'est trop longtemps égarée; il faut que cette majorité n'ait d'autre souci, d'autre mobile que le bien du pays; qu'elle écarte résolument toutes les questions irritantes, toutes les propositions plus ou moins prématurées ou utopiques, pour discuter et voter des lois qui donnent des résultats pratiques, bienfaisants, immédiats. Le sentiment du patriotisme lui en fait un devoir, et les plus chers intérêts de la République l'exigent d'elle.

Pour ma part, c'est avec cette conviction bien profonde que je rentrerai au palais Bourbon !

VIII

DOUZIÈME ANNIVERSAIRE

DE LA

DÉFENSE DE CHATEAUDUN

— 18 octobre 1882 —

Chers Concitoyens,

Je viens à mon tour saluer la sépulture des généreuses victimes du 18 octobre 1870, m'incliner devant le monument qui doit rappeler à la postérité les humbles noms et la glorieuse mémoire de ces braves.

La postérité! N'a-t-elle pas déjà commencé pour eux? Les nouvelles générations, celles qui ont grand depuis nos désastres, ne comptent-elles pas des représentants nombreux dans la foule accourue à cette pieuse cérémonie.

Eh bien, oui, jeunes Français, associez-vous à nos pèlerinages patriotiques, suivez-nous dans nos stations douloureuses. Il est des souvenirs que nous ne devons point écarter, si pénibles qu'ils soient, parce qu'ils portent avec eux de salutaires leçons; et, ici, comme partout où sont tombés des martyrs de la guerre maudite, vous trouverez un grand enseignement civique.

Lorsque éclata l'effroyable tempête de 1870, encore bercés dans les bras maternels, vous ne pouviez partager ni comprendre nos angoisses. Le poète l'a dit mieux que moi :

Dans le fracas des armes,
Sous nos toits en débris,
Vous mêliez à nos larmes
Votre premier souris !...

Maintenant que votre esprit s'ouvre à la réflexion, au jugement, et qu'il s'agit de faire de vous des citoyens, venez, dans ces jours anniversaires de nos deuils nationaux, apprendre comment un peuple mal instruit, capté, trompé, qui avait livré son sort au caprice d'un homme et s'était endormi insoucieux du lendemain, s'éveilla tout à coup dans un cercle de fer et de feu, au milieu du sang et des ruines !

Mais venez apprendre aussi, vous qui entrez dans la carrière, comment ce même peuple, éclairé par ses malheurs et libre désormais, se relève courageusement, parce qu'il a conscience qu'en dépit de tous les revers, son honneur est resté sauf, grâce à des actes de sublime héroïsme tels que la défense de Châteaudun !

Si vous méditez avec fruit sur l'histoire de cet émouvant passé, ô jeunes gens à qui je m'adresse ; si l'exemple que nous ont légué les morts couchés sous cette pyramide vous pénètre du saint amour de la patrie, alors vous deviendrez des hommes comme il en faut à la France, à la République ; vous poursuivrez l'œuvre de rénovation et de réparation que n'auront pu achever vos pères, et peut-être serez-vous assez heureux pour réaliser leurs nobles ambitions, leurs légitimes espérances ! une surtout... Ah ! celle-là... celle-là, jusqu'à l'heure marquée par l'éternelle justice, n'en parlons pas, mais pensons-y toujours ! toujours !

IX

BANQUET

DU COMICE AGRICOLE

DE L'ARRONDISSEMENT DE CHATEAUDUN

— *Cloyes, 3 juin 1883* —

MESSIEURS,

Un de mes vieux amis, et des meilleurs, Dunois au franc parler, en m'abordant tantôt, me demandait à brûle-pourpoint :

— Que comptez-vous nous dire, ce soir, au banquet du Comice ?

Je répondis :

— Ma foi, je voudrais bien le savoir moi-même ! Je n'ai pas été sans y réfléchir ; mais vous me voyez hésitant, irrésolu, comme l'âne de Buridan entre les deux boisseaux d'avoine. Puisque vous voici, voulez-vous m'aider de vos conseils?

— Comment donc! ça ne se refuse pas à un ami. Parlez, je suis tout à vous.

— Eh bien, je n'ignore pas — car ceci est élémentaire — que les discours qui se font le mieux écouter, dans nos banquets agricoles, sont ceux dont le sujet est approprié à la circonstance, c'est-à-dire se rapporte plus ou moins directement aux intérêts ou aux choses de l'agriculture; et, partant de là...

— Partant de là, je vous vois venir et je vous arrête!

— Déjà?

— Il ne saurait être trop tôt; car j'estime que vous serez bien avisé en abandonnant les sujets agricoles aux hommes compétents. Vous conviendrez vous-même que ce n'est pas votre affaire. Il ne suffit pas, pour vous donner voix au chapitre, que vous ayez célébré nos « grands horizons » et nos « plaines dorées », comme vous les appelez... Et, tenez, à ce propos, je me souviens que, dans votre chanson sur la Beauce, vous dites qu'étant collégien, vous alliez, à travers les blés mûrs, cueillant bluets et coquelicots pour en faire des couronnes, et même que vous vous couchiez dans les moissons pour rêvasser, au chant de l'alouette. Voilà qui ne prouve pas que vous ayez été élevé dans un profond respect de l'agriculture [1].

1. Voir l'annexe A.

— Merci ! on voit que vous êtes de la partie : vous *bêchez* bien !... Me reprocher des peccadilles de jeunesse !

— Oh ! c'est en toute amitié. Ne prenez pas mal mes observations.

— Loin de là ! je suis prêt à m'y rendre. Voyons, cherchons ensemble de quoi je pourrais bien causer sans inconvénient... Il y a le toast au président de la République. Avez-vous des objections à y faire ?

— Non, certes... Seulement, je vous répéterai : Halte-là ! L'honneur de porter ce toast appartient à notre excellent préfet, et par droit de situation, et par droit de talent. Tout le monde sait avec quel tact il remplit cette tâche patriotique, et comme, dans sa bouche, le même thème semble toujours nouveau. Peu d'orateurs affronteraient la comparaison.

— « Brigadier, vous avez raison ! »

— Ah ! si vous riez quand on vous parle sérieusement...

— Là là ! ne faites pas attention. C'est que j'ai bon estomac, et cela implique bonne humeur. Mais, sans plaisanterie, il me vient une idée que je n'hésite pas à proclamer des plus heureuses. Je m'étonne de ne l'avoir pas eue tout de suite.

— Voyons-la, cette triomphante idée.

— Oh ! elle défie toute critique... Jugez-en. Puisque le concours du Comice de votre arrondissement a lieu ici, cette année, n'est-ce pas une occasion toute naturelle pour lancer un toast à la ville de Cloyes ?

— Ou, plutôt, à ses habitants ?

— Cela va de soi.

— Et pour faire leur éloge ?

— Pardié ! supposez-vous que j'irai dire du mal de mes concitoyens ?

— Dieu m'en garde ! Mais je vous conseille de ne pas prêter à la médisance.

— Comment, à la médisance ?

— Eh ! mon cher, on se demandera si vos compliments sont bien désintéressés, si, pour me servir de votre mot, ils ne sont pas *lancés* comme ballons d'essai, en prévision du retour, plus que probable, au vote par scrutin de liste. En sorte que votre toast flatteur sera tourné en simple et vulgaire réclame électorale.

— Oh !...

— Empêchez donc les mauvaises langues d'aller leur train !

— Mais il n'y a pas de mauvaises langues à Cloyes.

— Dieu vous conserve dans cette douce illusion ! Mais, en attendant, suivez mon conseil amical, et soyez sûr que vous vous en trouverez bien.

— Allons, je m'y résigne encore. Pas de querelle entre nous, surtout un jour de fête... Me permettrez-vous, au moins, d'adresser des félicitations aux lauréats du concours, ou aux vieux serviteurs et aux vieilles servantes de ferme, si dignes d'être offerts en exemple ; ou bien encore aux jeunes musiciens qui, en ce moment même, nous réjouissent de leurs fanfares ?

— Tout cela serait à merveille si vous n'aviez pas déjà,

dans des cérémonies analogues, mainte et mainte fois péroré là-dessus. Mais vous ne pourriez faire autrement que de vous répéter, et, comme vous n'êtes pas plus que moi de la première ni même de la seconde jeunesse, il serait à craindre que ces répétitions ne fussent prises pour du radotage...

— Rien que cela ! Pourquoi pas tout de suite du ramollissement ?

— Vous me consultez, je vous réponds en ami.

— Oui, oui, c'est entendu... En ce cas, je me rabattrai sur la politique.

— Ah bien ! il ne manquerait plus que cela !... N'en faites rien, mon cher, je vous en conjure !

— Et pourquoi ?

— Vous me le demandez ? — Il me le demande ! il est superbe ! — Est-ce qu'une nouvelle illusion vous empêcherait de reconnaître que, depuis un certain temps, la politique est assez peu brillante, et que la Chambre, pour son compte, a commis... je ne voudrais pas trop choquer votre esprit de corps... a commis... disons pas mal de bévues ?

— Je ne prétends pas que la Chambre soit impeccable ; mais si elle a compris ses erreurs ? si elle a le ferme dessein de les réparer ?

— Très bien ! bravo ! Qu'elle en fasse la preuve ; que, par exemple, d'ici à la fin de son mandat, elle sache conserver un ministère, et s'applique à nous doter de lois utiles, libérales, dignes de la France républicaine, alors un speech politique aura chance d'être accueilli avec faveur dans une réunion comme celle d'aujourd'hui. Mais, jusque-là, à moins que vous ne soyez formellement interpellé par vos électeurs,

Imitez de Conrart le silence prudent!

Messieurs, je ne poursuivrai pas plus longtemps le compte rendu de ce singulier colloque, qui, du reste, n'avait encore amené aucun résultat satisfaisant lorsque sonna l'heure du banquet.

Heureusement, je ne fus pas plus tôt séparé de mon interlocuteur et rendu à moi-même, que mon esprit s'éclaira comme par une illumination d'en haut! Je le tenais enfin, à n'en pas douter, le toast fait pour rallier tous les suffrages, y compris celui de mon sévère conseiller, qui m'entend, et qui, tout à l'heure, un doigt sur ses lèvres, me faisait signe de ne pas le nommer. Ce toast que, sans amour-propre, je crois empreint d'un grand et incontestable sentiment de fraternité, le voici :

Je bois, Messieurs, à notre santé et à notre prospérité à tous!

Ainsi soit-il!

X

BANQUET

A PROPOS

DE L'INAUGURATION

DE LA

MAISON D'ÉCOLE DE COURVILLE

— *23 septembre 1883* —

Messieurs,

J'ai une tâche agréable à remplir : je prends la parole pour adresser à l'excellente population de Courville des remerciements certes bien mérités ; je crois me faire, en cela, l'interprète des nombreux hôtes que la ville a reçus aujourd'hui, curieux d'assister à l'inauguration de sa nouvelle et magnifique maison d'école.

Est-il, en effet, un seul de ces hôtes qui n'ait été accueilli partout à cœur ouvert, avec des compliments de bienvenue, des témoignages de vive sympathie? Et la prise de possession de cette école, si bien disposée, éclairée, aérée, telle que l'appelait, depuis longtemps, la sollicitude des pères et des mères, n'a-t-elle pas été une grande fête de famille, où les habitants et leurs visiteurs se confondaient, animés d'une pensée commune : *le progrès par l'enseignement populaire, et la concorde par l'amour de la France, de la patrie républicaine !*

Oui, cette cérémonie d'inauguration où ont été prononcées des paroles si patriotiques et si fortifiantes, nous laissera un profond souvenir.

Merci donc à nos concitoyens et amis de Courville pour leur fraternelle réception. Il semble, du reste, que l'esprit de cordialité soit traditionnel dans cette bonne petite ville, berceau d'un homme dont le nom est un titre d'honneur pour elle, d'un homme qui, doué, si je puis dire, des qualités du terroir, fut parmi les meilleurs de ses contemporains ; car les biographes sont unanimes à le présenter comme un type de belle humeur et de généreux caractère.

On comprend que je veux parler du poète François Panard, un des plus célèbres précurseurs de Béranger. Eh bien, Messieurs, puisque j'ai l'occasion de rendre hommage à la mémoire de ce fécond écrivain, aujourd'hui un peu dans l'ombre, mais qui brilla vers le milieu du XVIIIe siècle, permettez-moi de vous citer seulement une de ses moindres œuvres, qui, pour n'être qu'une bluette, donne cependant assez l'idée de sa verve gauloise et de sa franche gaieté.

C'est une de ces chansons bachiques qu'aimaient tant nos aïeux. J'espère qu'elle ne vous paraîtra pas encore trop vieillotte après quelque cent cinquante ans de date, et que vous ne la trouverez point déplacée à la fin de ce joyeux banquet.

Malheureusement, cela est fait, non pour être dit, mais pour être chanté ; et voilà ce qui me gêne. Enfin, n'importe, essayons !

Fuyons le triste breuvage
Dont les poissons font usage !
Des dieux ce fatal cadeau
N'est que pour les niguedouilles.
Pourquoi donc boire de l'eau ?
Sommes-nous des grenouilles ?

Eh ! pourquoi quoi
Quoi quoi quoi quoi quoi quoi
Boire de l'eau ?
Sommes-nous des grenouilles ?

Aimable jus de l'automne,
Je renais quand je t'entonne ;
Tu réjouis mon cerveau ;
Grand Dieu, que tu le chatouilles !
Pourquoi donc boire de l'eau ?
Sommes-nous des grenouilles ?

Eh ! pourquoi quoi, etc.

Heureux qui chante ta gloire!
Plus heureux qui te sait boire!
Un plaisir toujours nouveau
Charme les cœurs que tu mouilles.
Pourquoi donc boire de l'eau?
Sommes-nous des grenouilles?

Eh! pourquoi quoi, etc.

Quand je vais à la campagne,
Si le vin ne m'accompagne,
J'estime peu, clair ruisseau,
Les beaux lieux où tu gazouilles.
Pourquoi donc boire de l'eau?
Sommes-nous des grenouilles?

Eh! pourquoi quoi, etc.

C'est la divine ambroisie
Qui nous donne la saillie.
Fade boisson de crapeau,
C'est toi qui nous en dépouilles!
Pourquoi donc boire de l'eau?
Sommes-nous des grenouilles?

Eh! pourquoi quoi, etc.

L'eau n'est bonne sur la terre
Que pour les fleurs d'un parterre,

Pour le chou, pour le poireau,
Les concombres, les citrouilles.
Pourquoi donc boire de l'eau ?
Sommes-nous des grenouilles ?

Eh ! pourquoi quoi, etc.

Messieurs, je bois à la patrie du bon Panard, à l'hospitalière et aimable ville, bien digne de former le trait d'union entre la Beauce et le Perche !

XI

BANQUET

DU COMICE AGRICOLE

DE L'ARRONDISSEMENT DE CHARTRES

— *Auneau, 1er juin 1884* —

MESDAMES,

MES CHERS CONCITOYENS,

Chaque année, quand revient l'époque des concours et des fêtes agricoles, je me sens tout particulièrement attiré vers ma province natale, patrie intime dans la patrie commune. J'aime, en effet, à me retrouver alors au milieu de ces *hommes du pays* que des liens puissants, traditionnels, si je puis dire, attachent profondément au sol national.

Eh bien, puisque me voici de nouveau au cœur de notre

vieille Beauce, l'endroit me semble on ne peut mieux choisi pour envoyer un fraternel salut à tous les travailleurs des champs, à tous les paysans de France !

Honneur à eux ! ils sont la base, les assises de la nation ; assises robustes, base indestructible, qui a résisté aux plus furieux assauts des cataclysmes et des ans. Le caractère distinctif de notre race habite en ces hommes, à l'esprit droit, avisé, plein de bon sens ; au cœur vaillant et bien trempé ; et cet indélébile cachet de race délimite nos frontières bien plus nettement que ne sauraient le faire toutes les conventions diplomatiques. Voilà pourquoi il ne dépend pas du hasard, de la violence, qu'un guerrier heureux puisse dire : « Ce fragment du sol, qui était hier la France, a cessé de l'être aujourd'hui, et jamais ne le redeviendra ! »

Les paysans — et je prends ce mot dans sa plus large et sa plus haute expression — ont créé la patrie en fertilisant et s'assimilant en quelque sorte le territoire. Ils ont tout souffert, tout accepté, tout supporté, à travers les siècles, comme soutenus par le suprême instinct de la grande œuvre qui leur incombait : et ainsi s'est-elle faite peu à peu, de leur patience, de leur travail et de leurs sacrifices. En dépit de tout, ils ont poursuivi leur tâche féconde, fidèles au métier que, d'âge en âge, leur transmettent leurs pères.

Et pourtant, si ce métier est éminemment noble et utile, il est, en même temps, aléatoire et hasardeux entre tous : car ce n'est point assez, pour y réussir, que l'on dépense des trésors d'activité, d'expérience, de courage. Hélas ! non. Tel jour, le laboureur croit toucher au but de ses efforts : les champs, parés de toutes les couleurs de l'espérance, lui promettent une abondante récolte... Et, le lendemain peut-être, il suffira d'un caprice des éléments pour ravager ces plaines si riantes la veille, pour y semer, en un clin d'œil, le désastre, la ruine !

Oh ! les braves gens, que ces nourriciers d'un grand peuple qui se vouent à de pareilles déceptions, incessamment ballottés entre l'espoir et la crainte, et contre lesquels tous les fléaux de la nature sont trop souvent conjurés avec les crises commerciales et les perturbations économiques. Ne faut-il pas qu'ils aient vraiment hérité de l'indomptable énergie des Gaulois leurs ancêtres !

Et ce n'est point seulement leurs sueurs qu'ils prodiguent à ce sol, objet de leurs prédilections inquiètes : quand il s'agit de le défendre, qui l'arrose de plus de sang que les fils de nos villages ?... Assurément, il est équitable de faire honneur du gain des batailles aux hommes de guerre qui dirigent les armées ; mais il n'est pas moins juste de rappeler que les gros bataillons, les masses combattantes, se composent, en immense majorité, de paysans, et que, dans les moments décisifs, ces humbles héros, ces innombrables anonymes du sacrifice, en s'élançant, à la voix de leurs chefs, contre les carrés ennemis, en s'enfonçant, à la suite de leur drapeau, dans la fournaise de la mêlée, décident la victoire, ou, du moins, meurent pour la patrie.

La patrie ! n'est-ce pas, enfin, dans le cœur généreux d'une pauvre enfant née sous le chaume que son image apparut pour la première fois? Oui, la France que nous connaissons, cette France que nous chérissons tous, s'est manifestée, pour ainsi parler, sous les traits d'une jeune fille des champs, d'une paysanne inspirée, dont les générations garderont l'éternel souvenir, comme celui de la plus pure, de la plus radieuse incarnation de la patrie.

Dans ce temps-là, vous le savez, notre pays, en proie aux dissensions intestines, était envahi et démembré; tout croulait, tout s'effondrait; le roi et la cour fuyaient devant l'étranger, et la confiance avait déserté tous les cœurs; alors parut Jeanne Darc, agitant sa bannière, criant: « Sus à l'Anglais! » Et c'est dans la « grand'pitié » qu'elle ressentait pour la « douce France », comme elle disait, que la vierge lorraine trouva cette sublime ardeur, cette héroïque intrépidité, qui la conduisirent à la tête de notre dernière armée, sous les murs d'Orléans et sur le champ de bataille de Patay; c'est dans son âme de « bonne Française » qu'elle puisa l'enthousiasme communicatif, irrésistible, qui assura le triomphe de l'œuvre nationale : l'indépendance et l'unité de la patrie.

J'offre donc l'hommage d'une admiration sans bornes à celle que l'on pourrait appeler l'ange du patriotisme, et je salue, avec un respect attendri, les paysans de France, qui, un jour, ont été personnifiés en elle!

XII

BANQUET

A PROPOS

DE L'INAUGURATION

DE

L'ÉCOLE PRIMAIRE SUPÉRIEURE

ET DES

CONCOURS DU COMICE AGRICOLE

— *Bonneval, 8 juin 188*[illegible] —

Messieurs,

Je porte un toast de remerciements, que vous trouverez sans doute bien mérité, aux vaillants membres de la fanfare de Bonneval.

Durant tout le cours de cette journée, qui comprenait des cérémonies diverses, ils se sont prodigués, épuisés, devrais-je dire, non seulement pour égayer notre fête scolaire et agricole, mais encore pour nous faire oublier l'inclémence du temps, lequel menaçait de troubler sans aucune cesse les joies que la population s'était promises.

Si les miracles attribués à certains grands virtuoses de l'antiquité, tels que les Amphion et les Orphée, n'étaient pas, de nos jours, tenus pour de simples fables, je croirais volontiers que ce sont les harmonieux accords de la fanfare bonnevallaise qui ont fait fléchir la rigueur du ciel et dix fois au moins, sur le tantôt, obtenu du soleil un sourire.

Quoi qu'il en soit, ils auront contribué à ce que nous emportions le plus gracieux souvenir de cette ville de Bonneval, aimable d'ailleurs à double titre : et par la beauté de son site, et par l'aménité de ses habitants, — l'une qui fait le plaisir des yeux, l'autre le charme du cœur !

Je vous invite, Messieurs, à boire avec moi aux succès de la fanfare de Bonneval.

XIII

DISTRIBUTION DES PRIX

AUX ENFANTS

DE L'ÉCOLE MATERNELLE

ET AUX ÉLÈVES

DE L'ÉCOLE PRIMAIRE D'ÉPERNON

— *1er septembre 1884* —

A l'École maternelle.

En vérité, je suis sous le charme, comme vous tous, sans doute, Mesdames et Messieurs ; il est difficile d'imaginer un spectacle plus intéressant, plus gracieux et plus touchant que celui auquel nous venons d'assister.

J'adresse mes très vives félicitations aux sœurs qui dirigent cette belle et nombreuse école enfantine, ainsi qu'aux dames qui veulent bien la patronner ; on ne saurait trop les remercier pour les soins maternels et le généreux concours qu'elles y apportent. A titre de délégué cantonal, j'ai visité beaucoup d'asiles : je suis heureux de dire que même les plus modestes sont dirigés avec une grande intelligence et donnent des résultats excellents ; mais il est des degrés dans le bien, et je dois reconnaître qu'ici l'on semble être arrivé à la perfection. Tout y est digne d'éloges, depuis la tenue matérielle de cette spacieuse classe, si bien éclairée et aérée, si gaie d'aspect, ornée avec un goût fait pour récréer les yeux des enfants, jusqu'aux exercices, dont nous avons été les témoins ravis, et qui, tout en amusant ces chers petits, les habituent de bonne heure à l'ordre, à l'obéissance, à la discipline.

Ma satisfaction est entière, et je suis sûr de la faire partager aux chefs supérieurs de l'enseignement primaire, lorsque je leur dirai ce que j'ai eu le plaisir de voir et d'entendre tout à l'heure.

Mille compliments encore à qui de droit.

A l'École primaire.

MESDAMES ET MESSIEURS,

M. le Maire d'Épernon a bien voulu m'offrir la présidence de cette cérémonie scolaire, c'est-à-dire me confier une mission qui lui appartenait à tous les titres. Je l'en remercie du fond du cœur : car rien ne m'est plus agréable que de m'associer à ces fêtes annuelles de l'enseignement populaire.

Je regrette pourtant que celle-ci n'ait pu coïncider avec la pose de la première pierre des nouveaux bâtiments d'école dont la commune a décidé la construction. Mais, la situation budgétaire obligeant l'État à retarder le versement de sa part contributive dans la dépense, tous les efforts de votre municipalité, tout le zèle de l'habile administrateur qui est à sa tête, ont échoué devant cette raison de force majeure. Espérons néanmoins qu'avant qu'il soit longtemps, nous pourrons assister à l'inauguration des bâtiments projetés. Tous ceux qui peuvent la hâter s'y emploieront sans relâche, sachant qu'il y a nécessité, nécessité urgente ! Puisque l'enseignement primaire est obligatoire, et que, par une heureuse conséquence, les élèves affluent dans les écoles, devenues aujourd'hui trop étroites, il faut bien ou agrandir ces écoles anciennes, ou en bâtir de nouvelles. Ce sont là des dépenses productives au premier chef !

A une condition cependant :

C'est que les instituteurs et les institutrices de nos enfants soient à la hauteur de la mission sociale qui leur est confiée, et que les résultats obtenus par leurs efforts compensent les énormes sacrifices que s'impose le pays.

On l'a dit et l'on ne saurait trop le répéter, il n'y a pas de meilleur livre de classe que l'instituteur lui-même. C'est, en effet, avec son cœur et son âme qu'il doit former le cœur et l'âme de ses élèves ; et son enseignement sera d'autant plus efficace, qu'il y joindra la puissance de l'exemple ; car, de son naturel, l'enfant est imitateur, et l'exemple a sur lui bien plus d'action que le précepte. Il importe donc essentiellement que les maîtres et les maîtresses mettent en pratique leurs propres leçons, en se montrant appliqués à l'accomplissement de leurs devoirs professionnels, et que, par la dignité d'une vie utile et bien remplie, ils se concilient la respectueuse affection des élèves, l'estime et la sympathie des parents.

Mais qu'ai-je besoin de dire ce que doivent être les vrais éducateurs de l'enfance ? Devant nous, sous nos yeux mêmes, n'en avons-nous pas de vivants modèles ? Les bons maîtres ne font-ils pas tradition continue dans les écoles de la ville d'Épernon ?

Et, maintenant, c'est à vous que je veux parler, mes chers enfants, à vous qui êtes les héros de cette fête, et qu'il serait injuste d'oublier. Avant que vous soient distribués ces livres et ces couronnes qui vous tentent, laissez-moi vous donner quelques conseils paternels, comme m'y autorise ma barbe blanche et surtout le vif intérêt que je porte à la cause de l'enseignement.

Je ne serai pas trop long, soyez tranquilles !

Eh bien, mes bons petits amis, voici le premier des conseils que j'ai à vous adresser : Respectez ces maîtres et ces maîtresses, de qui je causais tout à l'heure ; aimez-les, pour que le désir de les contenter vous excite au travail, pour qu'il vous fasse paraître moins grandes les difficultés de l'étude.

4

Les bons élèves s'attachent à leur maître, en même temps que leur maître s'attache à eux ; et c'est tout profit pour l'enseignement.

Aimez donc vos instituteurs et vos institutrices, qui remplissent, avec tant de dévouement, une fonction difficile entre toutes, et qui n'ont pas de plus grande satisfaction que de constater vos progrès. Ils méritent, de votre part, une profonde reconnaissance, comme celle que le pays leur doit lui-même ; car, après le laboureur, qui, à force de travaux et de fatigues, fait pousser le blé dans nos champs, je ne connais pas d'homme plus utile à la société que celui qui, en défrichant, pour ainsi dire, les jeunes intelligences, fait éclore, chez l'enfant, les idées, le jugement, la raison.

Aimez aussi vos petits camarades, les compagnons de vos études et de vos jeux. Point de jalousie ni de querelle entre vous. Pendant vos récréations, que les plus forts protègent les plus faibles. Si vous possédez des aptitudes qui fassent de vous les premiers de la classe, n'en montrez pas une vanité humiliante pour ceux de vos condisciples qui ont été moins bien doués que vous par la nature. Vous formerez ainsi des amitiés d'enfance qui vous seront toujours douces, et qui, dans les mauvaises fortunes de la vie, pourront vous offrir appui et consolation.

> . . . . . Aimer, c'est être utile à soi ;
> Se faire aimer, c'est être utile aux autres !

un grand poète l'a dit avant moi.

Et, quand je parle de ceux que vous devez aimer, pourrais-je oublier vos parents, ce père et cette mère qui travaillent si courageusement pour vous élever, et vous entourent de tant de soins et de tendresses ? Plus vous les aimerez, plus vous aurez à cœur d'être des écoliers studieux ; et vous leur prouverez les progrès que vous faites en les entretenant, le plus souvent possible, de ce que vous aurez appris à l'école ; car ce n'est pas assez que vous suiviez les leçons du maître ou de la maîtresse quand vous êtes en classe, devant votre pupitre : il faut encore que vous y songiez un peu quand la classe est finie ; que vous les repassiez en vous-mêmes ; que vous en fassiez, comme je le disais, un sujet de conversation avec vos parents, qui y prendront grand plaisir. De cette façon, vous exercerez votre mémoire, et vous y graverez en traits durables ces mêmes leçons, qui, autrement, seraient comme des caractères tracés sur la poussière du chemin et qu'efface le premier souffle du vent !

Enfin, mes amis, — et c'est là mon suprême conseil ! — aimez la patrie française, qui est notre mère à tous ; aimez-la d'autant plus ardemment, que, si elle s'est acquis un grand renom dans le monde, elle a aussi beaucoup souffert. C'est sur les enfants comme vous que reposent toutes ses espérances d'avenir. Instruisez-vous donc pour l'amour d'elle ; pour qu'un jour, elle ait en vous, jeunes filles, des femmes intelligentes et vertueuses qui soient l'honneur du foyer domestique, et, en vous, jeunes garçons, des hommes actifs et probes, des citoyens dévoués, tels que la République a besoin d'en avoir !

XIV

BANQUET

A L'OCCASION

DES COURSES D'ILLIERS

— *14 septembre 1884* —

MESSIEURS,

Ce n'est point pour prononcer un discours ou porter un toast que je prends la parole. Je veux simplement faire une déclaration que je crois nécessaire, au moment où s'agite une question spéciale de politique douanière, qui intéresse au plus haut degré le monde agricole, et sur laquelle vos sénateurs et vos députés ont été invités récemment à émettre leur opinion.

Je serai bref, autant, j'espère, que net et précis.

Tout d'abord, je dois dire que je n'épouse point la doctrine absolue du libre-échange. Je fais partie du groupe agricole protectionniste de la Chambre, et j'estime que, s'il y a, chez nous, certaines industries florissantes, qui sont de force à se défendre elles-mêmes, il en est d'autres, moins heureuses, qu'un devoir patriotique nous commande de protéger ; telle est notre industrie maîtresse, notre plus précieuse ressource nationale : l'agriculture.

Refuser de lui venir en aide, de lui donner un appui efficace, dans la crise douloureuse où elle se débat depuis si longtemps, ce serait, à mon sens, une faute capitale, une criante injustice, et j'ajoute la plus incroyable duperie, quand toutes les nations qui nous avoisinent se garantissent bel et bien contre l'exportation de nos produits, et nous font une concurrence désastreuse ; ce serait, enfin, comme si nous nous imposions le désarmement, de notre plein gré, en face de l'étranger, ennemi ou jaloux, qui nous guette, armé jusqu'aux dents !

Mon vote est donc acquis d'avance à tous les relèvements de droits, à tous les moyens compensateurs, qui peuvent revivifier l'agriculture française.

Parmi les contrées à céréales, notre Beauce a été certainement la plus éprouvée ; elle souffre cruellement encore, elle est en grand péril. Or je ne puis oublier que je suis un de ses fils, et ma conscience me crie, d'accord avec mon cœur : « Trêve aux théories ! vite au fait ! sauvons la mère nourricière ! »

XV

OBSÈQUES

DE

AIMÉ SELLÈQUE

Fondateur et Rédacteur en chef du *Glaneur d'Eure-et-Loir*

— *Chartres, 23 janvier 1885* —

Messieurs,

L'homme que nous perdons, et auquel cette foule émue fait cortège jusqu'au bord de la tombe, fut un de nos plus dignes concitoyens, un noble caractère et un généreux cœur. Pour lui rendre le suprême hommage qu'il mérite, ai-je besoin, devant un auditoire tel que celui qui m'entend, de rappeler les phases diverses de sa vie militante et si bien remplie ? Les vieillards ses contemporains ont heureusement instruit leurs fils à honorer le nom d'Aimé Sellèque comme le nom du doyen de la démocratie d'Eure-et-Loir, d'un patriarche vénéré, non seulement par son grand âge, mais encore par ses vertus civiques et privées. Sa vie! elle est écrite à chaque page du *Glaneur*, de ce premier journal politique qui se créa chez nous, dont il était le fondateur, et dans lequel il répandit tout entière son âme de patriote et de républicain, luttant, avec une indomptable énergie, contre tous les obstacles et toutes les persécutions, ravivant dans nos cœurs le sentiment de l'honneur national, les enflammant de l'amour de la justice et de la liberté.

Telle a été son œuvre.

Depuis un quart de siècle, il la poursuivait vaillamment, lorsqu'en 1851, dans un de ces sombres jours de décembre si néfastes pour la patrie, sa plume fut subitement brisée dans sa main, et, au mépris de toutes les lois, son journal supprimé, sa propriété anéantie!

A partir de ce moment, la vie de Sellèque s'écoula dans des conditions profondément tristes : non point à cause du légitime souci que pouvait lui donner la spoliation dont il avait été l'objet; non pas même par suite de l'indignation qu'il éprouvait de voir le parjure absous et le crime couronné. Il attendait sans découragement le jour où le droit violé prendrait sa revanche, où la France, qu'il aimait tant, serait rendue à elle-même. Mais à peine le vieux journaliste s'était-il réfugié dans les joies consolatrices de la famille, qu'il eut à subir de nouvelles et terribles épreuves : la mort se mit à frapper sans relâche, à coups redoublés, et jusqu'en ces derniers mois, au milieu du groupe nombreux et charmant dont il était le centre, cet aïeul bien-aimé. Et les êtres chéris qui lui étaient enlevés les uns après les autres, ni temps, ni patience, ni rien, hélas ! ne pouvait les lui rendre... Oh ! elle est bien cruelle, cette mort qui fait l'isolement, le vide, de plus en plus profonds autour d'un vieillard, et empoisonne ainsi l'existence même qu'elle semble épargner !

Bientôt vint la maladie. Cela devait être. Elle fut lente à emporter sa victime; mais toutes les souffrances n'eurent pas raison du stoïcisme de ce doux philosophe. Il y résistait, le martyr ; et jamais l'intelligence, la lucidité d'esprit, la saine raison ne furent atteintes un instant chez lui. Il n'a succombé qu'en achevant sa quatre-vingt-huitième année, et il est mort en sage, ainsi qu'il avait toujours vécu.

Plaignons, Messieurs, les enfants et petits-enfants qui lui survivent, et qui, malgré l'impitoyable maladie, priaient pour qu'il leur fût conservé, se sentant au moins soutenus par sa présence, comme ces plantes fidèles qui s'attachent encore au vieux chêne, alors même qu'il est près de tomber.

Adieu, Sellèque ! adieu grand honnête homme, cher maître et incomparable ami ! Ta longue carrière n'aura pas été sans fruit, elle a été utile à ton pays ; ta mémoire restera honorée parmi nous, et tu seras un de ceux dont la vie peut être offerte en exemple aux générations qui s'élèvent !

Adieu !

XVI

116e ANNIVERSAIRE

DE LA

NAISSANCE DU GÉNÉRAL MARCEAU

— *Chartres, 1er mars 1885* —

MESSIEURS,

Pour payer l'honneur qui m'est échu de présider ce banquet patriotique, le bonheur veut que je puisse, aujourd'hui, apporter à la glorieuse mémoire de Marceau un tribut d'hommages tout particulier.

Je me propose de rétablir la vérité sur un épisode de la vie de notre héros, épisode que les historiens, qui se copient volontiers les uns les autres, ont raconté en attribuant à ce grand soldat républicain une défaillance indigne de son caractère. Le récit n'est pas nouveau : car il parut, pour la première fois, sous la Restauration, dans un recueil d'anecdotes militaires, intitulé : *l'Honneur français*.

Dès le premier moment, il fut l'objet d'une protestation indignée de la part d'Émira Marceau et de son mari, l'ancien conventionnel Sergent, alors proscrit et réfugié en Italie. Mais cette protestation ne s'appuyait que sur le dire même des intéressés. C'était, d'ailleurs, un cri qui partait du fond de l'exil, cette tombe des vivants : il demeura sans écho, et le récit mensonger poursuivit son chemin, inconsciemment reproduit même par les plus sincères admirateurs de Marceau.

J'avoue que cette calomnie toujours renaissante m'irrite, et que je serais heureux d'y mettre un terme. Il me semble que c'est à nous surtout, à nous Chartrains de veiller à ce que rien ne puisse ternir, en Marceau, une des figures les plus éclatantes et les plus pures de notre histoire militaire.

Voici le fait dont il s'agit :

En octobre 1795 (vendémiaire an IV), l'armée de Sambre et Meuse, sortant d'une position difficile, se repliait en deçà du Rhin. Marceau, qui commandait l'arrière-garde, avait ordre de couler bas le pont de bateaux établi devant Neuwied [1], aussitôt que nos derniers bataillons l'auraient traversé ; en outre, il lui était enjoint de faire brûler tous les bateaux et toutes les barques que l'on trouverait aux abords du pont, sur la rive droite du fleuve. — L'exécution de cet ordre fut confiée au capitaine du génie Souhait, le même qui, moins d'une année

1. Ville de la Prusse Rhénane, à vingt-trois kilomètres de Coblentz.

plus tard, devait assister Marceau à son lit de mort. C'était un officier de mérite; mais, dans cette occasion, il pécha doublement : et par excès de zèle et par imprévoyance, ou ses pontonniers comprirent bien mal les instructions reçues. Toujours est-il que, dans la nuit du 17 octobre, ceux-ci, pour prendre de l'avance en déblayant d'abord le rivage, mettent le feu aux embarcations qui doivent être soustraites à l'ennemi. Et alors, qu'arrive-t-il? Ce qui était à prévoir!... Quelques-unes des barques enflammées se détachent bientôt de leurs amarres, et ces espèces de brûlots, en allant, à la dérive, heurter le pont de Neuwied, y allument un incendie qui, en peu d'instants, rend le passage impraticable.

Une partie de l'armée en retraite était mise ainsi dans un grave et imminent péril.

Or, suivant les biographes, à la nouvelle du désastre, qui pouvait avoir de si terribles conséquences, Marceau, désespéré, aurait saisi un pistolet, et se fût brûlé la cervelle, si Kleber, qui était accouru, ne l'eût désarmé en s'écriant : « Jeune homme! allez vous faire casser la tête en protégeant le passage! C'est ainsi qu'il vous est permis de mourir. »

Eh bien, Messieurs, pure invention que cette scène de mélodrame.

Non! Marceau n'a pas voulu se tuer, sans avoir fait au moins un effort pour réparer la faute de son subordonné; non! lui, toujours si résolu, si vaillant, n'a pas connu cette faiblesse. — Non! Kleber, qui était loin de là, marchant à la tête des divisions du centre, n'a pas eu à le désarmer; encore moins aurait-il pu tenir, à son jeune ami et compagnon de guerre, le violent, le dur langage qu'on lui prête !

La vérité, c'est que Marceau, vivement ému — et pouvait-il ne pas l'être ? – en apprenant que le pont était rompu, s'empressa d'écrire à Kleber, lui exprimant ses angoisses patriotiques, ses craintes pour le salut de l'armée, dont la perte ne manquerait pas d'être imputée au commandant de l'arrière-garde ; enfin, lui demandant le secours de son amitié en cette fatale aventure. La vérité, c'est que Kleber lui répondit par une lettre qui met à néant l'injurieuse fable des biographes et que vous allez connaître. — Je l'ai copiée pour m'en faciliter la lecture ; mais je possède l'original. Le voici :

« Tu ne causeras pas la perte de l'armée, dit Kleber : car je saurai me battre et vaincre l'ennemi. Le parti à prendre dans cette circonstance est de réparer le pont au jour. Tirlet (le chef des pontonniers) m'a fait espérer que cela serait possible. Il faut rester près de lui pour lui fournir les moyens en hommes. Si le pont ne pouvait se réparer, il faut assembler des bateaux et des bateliers derrière la tête de pont, pour embarquer les troupes. Si ce parti ne réussit pas non plus, je resterai aujourd'hui en position, et, à la nuit, je me retirerai derrière la Withbach, et, de là, sur Bonn.

» Du courage, du calme ! c'est la seule chose que je te recommande.

» Du reste, compte sur mon amitié.

» KLEBER. »

Cela causera pas la perte de l'armée
parceque je saurai me battre et vaincre
l'ennemi. le Parti a prendre dans cette
circonstance est de réparer le Pont au
jour : Liedot m'a fait esperer que cela
seroit possible. il faut rester près de
lui pour lui fournir les moyens en
hommes. Si le Pont ne pouvoit se
reparer il faut assembler des batteaux
et batteliers derriere la tête de Pont
pour embarquer les troupes. Si ce
parti ne reussit pas non plus je resterai
aujourd'hui en Position et a la nuit je me
retirerai derriere la Withbach et de
la Sur bonn. Du courrage, du calme
c'est la Seul chose que je te recommande
Du reste compte sur mon amitie.

Kleber

Cette fois-là, comme toujours, le courage et le calme ne firent point défaut au jeune général, dont le sang-froid, en face de l'ennemi, égalait l'intrépidité dans l'attaque : aidé de Kleber, il tint pendant deux jours l'ennemi en échec par des combats successifs. Au bout de ce temps, le pont était rétabli, et l'imprudence du capitaine Souhait réparée.

Quant à la lettre que j'ai eu l'honneur de vous lire, je crois, Messieurs, qu'elle n'a pas besoin de commentaire. Ce document, ignoré jusqu'ici, et que j'ai eu l'heureuse chance de trouver dans les papiers de notre illustre compatriote, fait la pleine lumière sur le point d'histoire que j'avais à cœur d'éclaircir ; il ne laisse aucune prise à la réplique ; et, plus que jamais, nous avons le droit de répéter : Honneur à la mémoire de Marceau !

XVII

BANQUET ANNUEL

DE L'ASSOCIATION

DES ANCIENS ÉLÈVES

DU COLLÈGE DE CHARTRES

— *23 Mai 1885* —

Mes chers Camarades,

Je porte un toast aux illustrations de la Beauce et du Perche, à tous les hommes éminents que notre province a donnés à la France. Nous avons le droit d'être fiers de leur nombre, et, si vous me permettez d'évoquer devant vous le souvenir des plus marquants de ces nobles aïeux, je n'aurai que l'embarras du choix, avec le regret d'écourter ma liste, pour ne pas abuser de votre attention.

Le premier qui s'offre à nous, en remontant, s'il vous plaît, de quatre siècles en arrière, n'a pas d'état civil authentique ; mais son nom, ou, plutôt, son prénom vaut un certificat d'origine : c'est Jean Texier, dit Jean de Beauce, le sublime artiste qui éleva dans les airs le plus haut des deux clochers de notre cathédrale, cette flèche aux proportions si harmonieuses et si hardies, à la structure si élégante et si riche, qui est un des plus beaux spécimens du style gothique flamboyant. On l'appelle encore et on pourra l'appeler toujours le clocher *neuf,* comme une merveille qui ne saurait vieillir, restant à tout jamais nouvelle dans son immuable splendeur !

A Jean de Beauce est dû aussi le magnifique tour du chœur de notre église, ce déploiement de fines sculptures, malheureusement aveuglées aujourd'hui, qui encadrent les principales scènes de la légende évangélique, et enveloppent le sanctuaire tout entier de leurs dentelles de pierre.

Ce fut le dernier chef-d'œuvre sur lequel épuisa ses forces le Chartrain de génie qui modestement se disait simple maçon. — O grands architectes de nos jours, lauréats des beaux-arts, élèves de l'école de Rome, membres de l'Institut, inclinez-vous devant ce maçon-là !

A une époque un peu plus rapprochée de nous, deux étoiles d'inégale grandeur brillent dans notre ciel beauceron : je veux parler de Philippe Desportes et de son célèbre neveu Mathurin Regnier, tous deux poètes, tous deux abbés, et même chanoines, mais des chanoines fort émancipés !

Cependant l'oncle — en manière de pénitence, sans doute,

— traduisit en vers les psaumes de David et presque toute la Bible ; pas moins que cela ! Heureusement pour sa renommée littéraire, il a joint à ce bagage, passablement lourd, de charmantes poésies légères, telles que la chanson de *Rosette*, un bijou de grâce et d'esprit.

Quant à Mathurin, ce fut un maître en l'art d'écrire, un des rénovateurs de la langue française. Digne fils de Rabelais, il mania la satire avec une verve incomparable et une vigueur d'accent qui, après lui, ne se sont plus retrouvées chez nous qu'à l'apparition des immortels *Châtiments* de Victor Hugo, le grand poète qui vient de s'endormir dans sa gloire.

Mes amis, Chartres doit une statue à Mathurin Regnier, auquel Lafontaine et Molière, pour ne nommer que ceux-là, ont emprunté des idées et des traits. Il l'aura un jour, cette statue : la place en est marquée.

Saluons un autre poète qui a la sienne à Dreux ; saluons l'auteur de *Venceslas* et du *Martyr de Saint-Genest*, Rotrou, le précurseur de Corneille, qui l'appelait son père ; homme au caractère antique, comme les héros de ses tragédies. Il avait la charge de lieutenant civil et criminel à Dreux, quand une sorte de peste éclata dans cette ville. Tout à son devoir d'humanité, il accourt de Paris pour se mettre au service de ses concitoyens ; et c'est alors qu'il écrit à son frère, alarmé, la lettre si connue, et si digne de l'être, qui se termine par ces mots :

« ... Ce n'est pas que le péril où je me trouve ne soit fort grand, puisque, au moment où je vous écris, les cloches sonnent pour le vingt-deuxième mort que l'on enterre aujourd'hui. Ce sera pour moi quand il plaira à Dieu ! »

Trois jours après, son tour était venu.

Ah ! toutes les œuvres de cet austère poète, les quarante tragédies qu'il composa peuvent bien n'être déjà plus que des curiosités littéraires, elles peuvent même tomber, avec le temps, dans un complet et définitif oubli. Rotrou n'en aura pas moins laissé un nom populaire et vénéré d'âge en âge, parce qu'il fut le modèle du magistrat, parce qu'en se dévouant pour ses concitoyens, il a donné au monde un impérissable exemple de courage civique.

Mais je m'étends malgré moi, et la liste que j'ai encore devant les yeux m'effraye pour mon bienveillant auditoire.

Pourrais-je donc négliger le savant moraliste et théologien Pierre Nicolle, écrivain de haut style, qui fut un des professeurs et des hôtes les plus illustres de Port-Royal-des-Champs, cette retraite où ont étudié et médité tant de profonds esprits ? Il mérite au moins une mention, notre vieux Nicolle, ne serait-ce qu'en raison de la sainte horreur que lui inspiraient les jésuites, contre lesquels il guerroya toute sa vie, en bon gallican qu'il était.

J'ai déjà cité pas mal de poètes inscrits à notre livre d'or. En voici toute une nouvelle pléiade : Rémi Belleau, surnommé *le peintre de la nature* par son maître Ronsard ; puis le joyeux et fécond vaudevilliste Panard, dont le théâtre amusa une moitié du XVIIIe siècle ; Collin d'Harleville, qui, avec le sien, fit les délices de l'autre moitié ; Guillard, l'auteur d'*Œdipe à Colonne;* l'académicien Colardeau, et vingt autres. — Notez qu'à l'exception de Rémi Belleau, enfant du Perche, tous sont nés dans le pays chartrain. Qui viendra nous dire encore que les immenses plaines de la Beauce et leurs horizons infinis n'élargissent pas l'imagination, qu'ils ne poussent guère à la poésie? Ce ne sera toujours pas mon voisin et ami Ferdinand Dugué, l'auteur de tant de pièces applaudies, à commencer par son *Mathurin Regnier,* que, tout jeune encore, il fit jouer au Théâtre-Français; ce ne sera pas davantage le charmant conteur qui, pour le public, a nom P.-J. Stahl, et, pour nous, Jules Hetzel; pas plus que Georges de Cherville, ce type accompli du gentilhomme campagnard, dont les souvenirs du pays natal agrémentent si souvent les intéressantes chroniques agricoles; ni, encore, Alexandre Ségé, qui, de son pinceau magique, idéalise jusqu'à nos plus humbles chaumières. Non, aucun de ceux-là, — et je puis bien leur adjoindre Eugène Talbot, le premier des Beaucerons de Paris, puisqu'il est leur président, — aucun de ceux-là, dis-je, n'oserait soutenir que la poésie ne fleurit pas en terre de Beauce : on ne croirait pas à tant de modestie!

Je devrais, maintenant, mes chers camarades, rendre hommage à ceux de nos concitoyens qui ont joué un rôle important dans le grand drame de la Révolution française, et dont plusieurs, tels que Pétion et Brissot, ont sacrifié leur vie à leur foi politique; mais il est temps que je termine, je le sens.

Et, pour bien finir, je relèverai encore, au tableau d'honneur d'Eure-et-Loir, un nom particulièrement cher à tous les cœurs chartrains, et qu'il suffit de prononcer pour exciter partout une sympathique admiration ; car il signifie vaillance et grandeur d'âme, dévouement et amour de la patrie. Ce nom, vous l'avez sur les lèvres... Oui, c'est celui de Marceau, de cet autre Marcellus, qui vécut trop peu, au regret et au dommage de son pays, mais assez pour conquérir l'immortalité de l'histoire. Gloire au héros sans tache que la Grèce antique eût mis au rang de ses demi-dieux ! gloire à tous nos grands ancêtres, à ceux que j'ai dû omettre, comme à ceux que j'ai nommés !

XVIII

BANQUET

A L'OCCASION DE L'INAUGURATION

DE

L'ÉCOLE NORMALE D'INSTITURICES

ET DE

LA DISTRIBUTION DES PRIX

DU CONCOURS RÉGIONAL

— *Chartres, 14 juin 1885* —

MESSIEURS,

Qu'il me soit permis de porter un toast de remerciement et de bienvenue à l'hôte éminent que nous avons l'honneur de posséder aujourd'hui, et qui a bien voulu répondre à l'invitation de la Ville de Chartres en venant inaugurer la nouvelle école normale d'institutrices du département, et présider la distribution des prix de notre concours régional agricole. Merci et cordial accueil à l'honorable M. René Goblet, ministre de l'instruction publique, des beaux-arts et des cultes, ainsi chargé d'une triple tâche et d'une tâche difficile, mais dont ses amis ne s'effrayent pas pour lui, sachant l'activité, le talent, toutes les solides qualités qu'il a montrées pendant son premier ministère.

Faisons-lui fête, Messieurs, non seulement parce que c'est un esprit libéral et progressiste, une des voix les plus écoutées du Parlement, mais aussi parce que nous ne pouvons oublier la preuve d'intérêt qu'il a donnée à l'agriculture en votant pour elle, quand cette grande industrie nationale, en détresse, réclama aide et protection près des pouvoirs publics.

Oui, mon cher Ministre, nous nous souvenons... Aussi comptons-nous bien que votre appui ne nous manquera pas, à l'occasion, dans le conseil du gouvernement, où vous occupez une si importante place.

On a souvent prétendu que la principale cause du malaise de l'agriculture était en elle-même, dans son apathie, dans son manque d'initiative ; cela peut être exact pour certaines contrées ; mais la magnifique exposition, que chacun de nous a pu admirer aujourd'hui, des différents produits de notre région, démontre plutôt que l'agriculture est généralement en progrès ; qu'elle souffre, avant tout, de la crise économique qui sévit sur l'Europe entière, et qu'en attendant des jours meilleurs, elle travaille du mieux qu'elle peut, et mérite d'être efficacement encouragée dans ses efforts.

Messieurs, je vous propose de boire à la santé de M. le ministre René Goblet, et de saluer en lui le représentant résolu d'un gouvernement dont le programme se résume en ces mots : *Concentration de toutes les forces républicaines*, ce qui répond au programme de la démocratie d'Eure-et-Loir : *Conciliation entre tous les républicains sincères et indépendants !*

A M. René Goblet !

XIX

BANQUET

DE LA

SOCIÉTÉ DES COURSES D'ILLIERS

— *13 septembre 1885* —

Messieurs,

J'avais prié tantôt notre honorable président de vouloir bien me réserver un tour de parole à ce banquet ; mais, au moment où je me lève devant vous, et après tout ce qui a été dit, je crois que le silence aurait pour moi bien des avantages, d'autant plus qu'il m'est venu certains scrupules qui, pour être tardifs, ne sont que plus embarrassants. Où m'amènent-ils, en effet ? A reconnaître qu'il n'est pas actuellement de toast ni de discours, parmi les mieux appropriés à la présente cérémonie, que je puisse aborder sans crainte de ... comment dirai-je ? ... de mettre le pied sur quelque pétard !

Soyez-en juges.

Tout d'abord, j'écarte la politique, qui n'est pas de mise ici ; elle a, d'ailleurs, aujourd'hui, bien d'autres lieux plus propices, où elle peut s'ébattre, en vue de l'imminente consultation du suffrage universel. Et, puisque je fais allusion à ce gros événement politique, sachez que c'est justement son approche qui éveille mes scrupules et me gêne si fort ; eh oui ! comme on dit gauloisement chez nous, c'est là que le bât me blesse.

Supposez, par exemple, que je rappelle les services que la Société des courses d'Illiers a rendus à notre pays en encourageant l'élevage du cheval percheron, et que je réussisse — par supposition, toujours, — à louer cette utile Société en termes dignes d'elle : eh bien, j'en fais le pari, la critique trouvera que mes fleurs de rhétorique exhalent une affreuse odeur de candidature, et me représentera colportant dans les plus honnêtes banquets la détestable réclame électorale !

Serais-je plus heureux en félicitant et complimentant les lauréats du concours ?... Halte-là, prenons garde ! Tous ces lauréats ne sont-ils pas électeurs ? Rien que d'y penser, les oreilles me tintent ; j'entends résonner, comme à travers un téléphone : « Réclame ! réclame ! réclame ! »

Même refrain, pour peu que je remercie les infatigables membres de la fanfare d'Illiers, qui ont jeté, au milieu de la fête du jour, tant de notes joyeuses et charmantes ; — ou bien ces braves sapeurs-pompiers qui nous font si complaisamment escorte, semblant avoir à contenir les élans trop enthousiastes d'une foule idolâtre ; — ou bien encore les habitants de l'excellente ville dont nous sommes les hôtes très touchés et très reconnaissants : « Bah ! s'écrierait-on, remerciements intéressés que tout cela ! flatteries d'un cœur qui s'ouvre, quand le scrutin aussi va s'ouvrir ! »

Enfin, si je rendais grâce au ciel de nous avoir donné une journée telle que nous pouvions la souhaiter, je ne m'étonnerais point qu'il se trouvât encore quelque esprit malin pour voir là une réclame de haut vol, et dire que j'essaye de mettre le bon Dieu lui-même dans mes petits intérêts.

Je me bornerai donc, Messieurs, à lever mon verre en saluant avec respect toute la compagnie ; ce qui, j'espère, ne fera crier personne.

XX

AUX ÉLECTEURS

DU DÉPARTEMENT D'EURE-ET-LOIR

— *Septembre 1885* —

Messieurs et chers Concitoyens,

La législature de 1881 est arrivée au terme de son existence agitée ; le suffrage universel a rouvert ses assises, et votre député d'hier, après avoir fait son examen de conscience, vient, pour la sixième fois, solliciter le renouvellement du mandat que votre confiance avait remis en ses mains.

Vous me connaissez de trop longue date pour que j'aie besoin d'affirmer devant vous ma foi républicaine ; vous savez qu'à travers les prisons et l'exil, comme dans les conseils de la nation, j'y suis resté invariablement fidèle J'ai, en effet, cette vieille et profonde conviction, que la République est le seul gouvernement qui convienne à la France moderne, chez laquelle — ainsi qu'on le disait déjà sous Louis-Philippe — « la démocratie coule à pleins bords ». Enfin, je suis pénétré de cette vérité, que tout essai de restauration monarchique échouerait, à court délai, dans la révolution et la guerre civile.

Homme pratique plutôt qu'adonné aux théories, je crois pouvoir dire que, même dans mes plus grandes ardeurs juvéniles, je ne vous ai jamais leurrés de vagues ou illusoires promesses ; que, pendant un demi-siècle de politique militante, je n'ai jamais, soit par mes paroles, soit par mes écrits, tendu à répandre que des idées saines, généreuses, patriotiques.

Durant le cours de la législature qui finit, j'ai continué de suivre la politique libérale et progressive, ferme et modérée, qui réalise les réformes à mesure que se manifestent les vœux ou les besoins du pays. Cette politique est apparemment celle de l'immense majorité d'entre vous, puisque je lui ai dû l'heureuse fortune d'obtenir constamment votre approbation.

En voyant — longtemps encore après ses débuts — la Chambre, mal disciplinée et inquiète sur sa voie, multiplier les crises ministérielles, au préjudice de tous les intérêts publics et privés, je me suis joint à ceux de mes collègues qui s'étaient imposé le devoir de constituer une majorité de gouvernement solide et homogène. Nous avons pu y réussir et donner ainsi à la France plus de deux années de complète tranquillité intérieure, prouvant en même temps aux partis hostiles que la stabilité n'est nullement incompatible avec les institutions républicaines.

Je me garderai bien de dresser ici l'interminable liste des votes que j'ai été appelé à émettre dans ces quatre dernières années ! La seule énumération de ceux qui ont quelque importance me mènerait encore trop loin, car la Chambre a plus ou moins touché à tout. Mais nos feuilles locales et les grands ou les petits journaux parisiens ont successivement publié et commenté ces votes, et, si les électeurs en ont retenu qui demandent une explication, je suis prêt à la leur donner en temps et lieu. Il est néanmoins deux ou trois questions dont je veux dire tout de suite quelques mots ; — à commencer par celle qui a été l'objet de tant et de si ardentes controverses : l'expédition du Tonkin.

Peut-on espérer encore de faire croire à personne que cette expédition n'a eu d'autre motif qu'une folle ambition de conquête ? Qui ne sait aujourd'hui que l'affaire du Tonkin était engagée bien avant que les républicains fussent au pouvoir, qu'en réalité il s'agissait de faire respecter les droits que nous avions acquis par traité, et de venger le massacre de l'héroïque commandant Rivière et de ses vaillants compagnons? Oui, c'est en vue de cette légitime entreprise que, le 26 mai 1883, un premier crédit fut voté à l'unanimité par la Chambre. Tous les partis, tous les groupes n'eurent, ce jour-là, qu'une seule voix. Malheureusement, à peine la lutte engagée avec les bandes de pillards indigènes, surgirent des incidents et des complications graves ; plus tard, la Chine elle-même lança contre nous ses troupes régulières, et nous fûmes entraînés beaucoup plus loin que nous ne voulions aller ! Qu'il y ait eu des fautes commises dans la conduite des négociations diplomatiques ou des opérations militaires, c'est possible. Mais, quoi ! pouvions-nous quitter la place, nous retirer devant les Chinois, et, encore sous le coup de nos revers de 1870, donner au monde le spectacle de cette apparente impuissance?... Non, non ! Dieu merci, nous n'avons pas connu cette humiliation. En défendant une juste cause, nos admirables soldats de terre et de mer ont montré ce que valent toujours les armes de la France. Ils ont relevé le prestige du drapeau, sauvé la dignité nationale ; enfin, grâce à eux, la paix a été signée, une paix qui nous confirme dans la possession d'une vaste et fertile contrée, que nous allons maintenant organiser, avec le même succès, espérons-le, que nous l'avons fait pour la Tunisie. Bornons là notre tâche ; c'est assez. Nos domaines coloniaux, si nous savons en tirer bon parti, peuvent largement suffire à l'expansion de notre commerce et nous mettre de pair avec toutes les nations européennes qui essaiment, à cette heure, sur chaque point inoccupé du globe, pour y porter la civilisation. — Ce n'est pas une feuille volante qui peut m'offrir assez d'espace pour développer un sujet tel que celui-là. Mais je jure qu'en votant les crédits pour l'expédition du Tonkin, j'ai, dans ma pensée, obéi à un évident et impérieux devoir patriotique.

En ce qui touche le budget des cultes et l'application du Concordat, ma conduite a été la même que par le passé. Tous les républicains partisans absolus de la liberté de conscience, et je suis du nombre, ne sauraient admettre les empiétements du clergé sur le terrain civil ; de là s'est formé un gros point noir, que, pour l'apaisement des esprits, il faudrait pouvoir dissiper. Mais la question des rapports entre l'Eglise et l'Etat est extrêmement complexe et délicate. L'attaquer par les petits côtés, au moyen d'amendements glissés parmi les articles d'un budget, presque toujours contre l'aveu du gouvernement, sans examen de bureaux ni de commissions spéciales ; procéder par des mesures aussi mesquines qu'irrégulières, votées en un tour de main et ressemblant à de la taquinerie ou même à de la persécution, c'est, selon moi, peu digne d'une grande assemblée et nuisible au bon renom de la République. Mieux vaudrait dénoncer le Concordat et en poursuivre résolument l'abolition ; cela pourrait être fort aventureux, mais enfin ce serait franc et régulier. Seulement, si l'abolition n'avait pas son correctif dans une loi — difficile à faire, j'en conviens ! — qui, avant tout, établît la situation respective de ces deux puissances, l'Eglise et l'Etat vivant séparées et libres, mais en contact permanent, et toujours en danger de conflit ; si la conséquence du nouveau régime était purement et simplement d'affranchir la formidable association du clergé catholique de toute discipline légale, de la soustraire au contrôle que l'Etat, en vertu de la loi concordataire, exerce aujourd'hui sur elle, et qu'il pourrait exercer d'une manière plus efficace, — oh ! alors, je déclare hautement préférer le *statu quo*.

Au surplus, il est permis de se demander si cette réforme est désirée par les masses profondes de la population, et si, de longtemps, nous n'aurons pas quelque chose de plus urgent à faire que de nous jeter dans ces redoutables embarras !

Comment ne parlerais-je pas de la crise agricole ? Elle continue de sévir, et les souffrances sont toujours grandes dans notre chère Beauce, malgré le soulagement qu'ont voulu y apporter les pouvoirs publics. Malheureusement, ils n'ont pas fait assez, et l'agriculture n'a que trop raison de se plaindre ! Je suis de ceux qui réclamaient, pour elle, des mesures plus efficaces, et je pouvais le faire sans transiger avec moi-même ; car, Beauceron dans l'âme, j'ai servi la cause agricole, de tout temps et avec tout mon cœur, et je suis naturellement jaloux de la servir encore. C'est le premier article de mon programme ; quant aux autres, je les indiquerai en formulant des vœux pour la Chambre future.

Puisse-t-elle présenter une majorité républicaine nombreuse, vraiment gouvernementale et sachant bien ce qu'elle veut ; — montrer un juste sentiment de ce qui est possible ou impraticable, raisonnable ou utopique, dans les projets de réforme qui lui seront soumis ; — porter une attention vigilante et sévère sur l'état de nos finances ; — avoir en horreur les débats irritants et les interpellations futiles ; — être animée d'un réel esprit de concorde ; — enfin, n'avoir d'autre mobile qu'un sincère amour du bien public ! — Qu'elle réunisse ces qualités essentielles, et la date de son élection sera inscrite, en lettres d'or, dans les annales parlementaires !

J'ose espérer, Messieurs, que je n'ai point démérité de vous, et, s'il vous plaît de me comprendre une fois encore au nombre de vos élus, si vous voulez bien me faire ce suprême honneur, par-là même, vous m'en vaudrez un autre, des plus enviables aussi à mes yeux : celui de porter, comme doyen de députation, le drapeau de la démocratie d'Eure-et-Loir, lorsqu'au 14 juillet 1889, Paris, dans une nouvelle fédération nationale, célébrera le centième anniversaire de notre glorieuse Révolution française !

Agréez, mes chers concitoyens, l'expression de mon entier et inaltérable dévouement.

NOEL PARFAIT.

Chartres, septembre 1885.

ANNEXE

6.

LA BEAUCERONNE

I

Oh ! quand luira ce jour, terre du ciel bénie,
O ma Beauce ! où j'irai vivre de ton air pur ?
J'aime les grands lointains de ta campagne unie,
Qui bordent l'horizon d'un éternel azur ;
Sol de la vieille France,
Sol aux profonds labours,
Source d'où l'abondance,
Va s'épanchant toujours !

Oui, je t'aime, ô patrie !
Champs dorés où Dieu mit mon berceau ;
Terre absente et chérie,
Loin de toi rien n'est beau !
Non, pour moi, rien n'est beau !

II

J'aime l'immensité de tes fertiles plaines,
Que mesure l'oiseau, libre daus son essor,
Quand les brises d'été, sous leurs chaudes haleines,
De tes blés mûrissants agitent les flots d'or ;
Mer d'épis où surnage,
Ombre unique au tableau,
Un clocher de village,
Comme un mât de vaisseau.

Oui, je t'aime, ô patrie ! etc.

III

J'aime tes verts guérets semés de boutons jaunes,
Les bluets des sentiers où, joyeux, si souvent,
Pour mon front enfantin je tressai des couronnes,
Diadèmes de fleurs dispersés par le vent !
Que de fois, à cet âge,
Couché dans les moissons,
L'alouette sauvage
Me berça de chansons !

Oui, je t'aime, ô patrie ! etc.

IV

J'aime tes laboureurs, inclinant leur front mâle
Pour ravir aux sillons le pain du lendemain ;
Et les enfants du bourg, tout brunis par le hâle,
Essayant leurs pieds nus aux cailloux du chemin ;
Et puis nos Beauceronnes,
Quand le jour est couché,
Rustiques amazones,
Retournant du marché.

Oui, je t'aime, ô patrie ! etc.

V

J'aime tes toits de chaume et leur mousse fleurie,
Où toujours, au printemps, l'hirondelle a son nid ;
L'étable hospitalière, agreste hôtellerie,
Où le pauvre qui passe, en hiver, trouve un lit ;
Et, le soir, près de l'âtre,
Le cercle frissonnant,
Quand parfois le vieux pâtre
Evoque un revenant...

Oui, je t'aime, ô patrie ! etc.

VI

J'aime, chez tes enfants, cette ardeur héroïque
Qui, du champ paternel, les entraîne aux combats ;
Tel Marceau, qui, s'armant au cri de *République !*
Force l'étranger même à pleurer son trépas ;
Noble fils d'une terre
Où dorment ces Gaulois
Morts, l'âme libre et fière,
Lorsque mouraient leurs lois.

Oui, je t'aime, ô patrie ! etc.

VII

Oui, tes champs nourriciers pour moi sont tout au monde.
O ma Beauce adorée, ô mon riche pays !
Pauvre plante arrachée au sol qui la féconde,
Sous un ciel étranger loin de toi je languis ;
Mais j'attends, et j'espère,
Un jour, un jour enfin,
Te revoir, ô ma mère !
Et mourir sur ton sein !

Car je t'aime, ô patrie !

Champs dorés où Dieu mit mon berceau ;
Terre absente et chérie,
Loin de toi rien n'est beau !
Non, pour moi, rien n'est beau !

www.ingramcontent.com/pod-product-compliance
Ingram Content Group UK Ltd.
Pitfield, Milton Keynes, MK11 3LW, UK
UKHW020402230726
13925UKWH00003B/1223

9 782014 057652